Frederick Forsyth
Der Lotse

Serie Piper
Band 5503

*Zu diesem Buch*

Am Weihnachtsabend 1957 nähert sich ein einsitziger Jet vom Typ Vampire mit einer Geschwindigkeit von fast 500 Meilen pro Stunde der Küste Englands. Im Cockpit sitzt ein junger Flieger der Royal Air Force, der kurz zuvor auf einem kleinen Militärflughafen in Norddeutschland gestartet ist und einen kurzen Urlaub zu Hause verbringen will. In 27000 Fuß Höhe über der Nordsee fällt die elektrische Anlage aus. Jede Verbindung zum Boden ist abgerissen, das Funkgerät bleibt stumm. Eine Landung ohne Instrumente verhindert der Nebel, für eine Rückkehr zum Kontinent reicht der Treibstoff nicht. Dem Piloten bleibt nur die Möglichkeit, sich durch ungewöhnliche Flugmanöver auf den Radarschirmen des britischen Frühwarnsystems bemerkbar zu machen. Es ist die winzige Hoffnung, daß man ihm zu seiner Rettung eine Maschine entgegenschickt, um ihn auf die nächste Piste zu »lotsen«.

Ein Schatten taucht tief unter ihm aus den Wolken auf, und von nun an vollziehen sich Dinge, die sich nicht mehr vom menschlichen Verstand und den von ihm ersonnenen Instrumenten erfassen lassen. Wer ist der Mann, der sich in einer alten Mosquito an seine Seite gesellt und später wieder im Nebel verschwindet? Was bedeuten die seltsamen Buchstaben auf seiner Maschine?

Frederik Forsyth hat in der angelsächsischen Tradition der Mystery-Geschichten eine meisterhafte Erzählung geschrieben, die den Leser mit dem Zauber des Geheimnisvollen fasziniert.

*Frederick Forsyth,* geboren 1938, war mit 19 Jahren jüngster Jetpilot der Royal Air Force. Er arbeitete als Auslandskorrespondent u. a. in Paris, der DDR, in der Bundesrepublik, Madrid, Budapest und Rom; ab 1965 Fernsehreporter der BBC, u. a. in Westafrika. Seine fünf Romane (alle bei Piper erschienen) wurden Weltbestseller: »Der Schakal«, »Die Akte ODESSA«, »Die Hunde des Krieges«, »Des Teufels Alternative«, »Das vierte Protokoll« (Gesamtauflage über 27 Millionen). Frederik Forsyth lebt als freier Schriftsteller in London.

Frederick Forsyth

# DER LOTSE

Aus dem Englischen
von Rolf und Hedda Soellner

Illustrationen von Chris Foss

Piper
München Zürich

SERIE PIPER
SPANNUNG
Herausgegeben von Friedrich Kur

Von Frederick Forsyth liegen
in der Serie Piper Spannung bereits vor:
Das vierte Protokoll (5506)
Der Schakal (5511)
Die Akte ODESSA (5522)
Die Hunde des Krieges (5529)
Des Teufels Alternative (5545)
Der Unterhändler (5577)
Weitere Titel sind in Vorbereitung.

Die Originalausgabe erschien 1975 unter dem Titel
»The Shepherd«
bei Hutchinson & Co. (Publishers) Ltd., London.

ISBN 3-492-15503-0
Neuausgabe September 1986
6. Auflage, 50.–56. Tausend Mai 1992
(4. Auflage, 30.–36. Tausend dieser Ausgabe)

Umschlag: Federico Luci,
unter Verwendung einer Zeichnung von Jörg Extra
Photo Umschlagrückseite: Graham Finlayson
Satz: Carl Ueberreuter Druckerei Ges.m.b.H, Korneuburg
Druck und Bindung: Clausen & Bosse, Leck
Printed in Germany

*To my darling wife Carole*

Während ich auf die Starterlaubnis vom Kontrollturm wartete, warf ich einen Blick durch die Plexiglaskuppel des Cockpits auf die lüneburgische Landschaft. Sie lag weiß und frisch unterm glasklaren Dezembermond.
Hinter mir war die Umgrenzung des Royal-Air-Force-Flugplatzes, und jenseits der Umgrenzung erstreckte sich, wie ich beim Einschwenken meines

kleinen Kampfflugzeugs in die Startbahn gesehen hatte, die Schneedekce über dem flachen Ackerland bis zu den Kiefernwäldern. Trotz der zwei Meilen Entfernung und der Nacht vermochte ich fast die Umrisse der einzelnen Bäume zu erkennen.

Vor mir lief der glatte schwarze Teerstreifen der Startpiste, gesäumt von zwei Reihen hellbrennender Lichter, die den von den Schneepflügen gebahnten festen Rollweg erleuchteten. Hinter den Lichtern türmten sich die Schneehaufen vom Vormittag, deren Flanken wieder hart gefroren waren, wo die Schaufeln des Räumfahrzeugs sie festgedrückt hatten. Weitab zu meiner Rechten ragte der Kontrollturm wie eine einzelne strahlende Kerze über die hell erleuchteten Hangars, wo in diesem Augenblick, als ich auf die Stimme des Flugleiters in meinen Kopfhörern wartete, das tief vermummte Bodenpersonal den Flugplatz für die Nacht dichtmachte.

Im Innern des Kontrollturms herrschten Wärme und festliche Stimmung, das wußte ich. Der ganze Stab wartete nur noch meinen Start ab, um gleichfalls Schluß zu machen, in die geparkten Autos zu springen und zu den Parties in den Club zu brausen. Minuten nach meinem Abflug würden die Lichter, eines nach dem anderen, erlöschen, das Feld geräumt sein bis auf die Herde der Hangars, die sich in der bitterkalten Nacht zusammenzuducken schien, die eingeschneiten Kampfflugzeuge, die schlafenden Tankwagen und, hoch über allem, das einsam blinkende Drehfunkfeuer, strahlend rot über dem schwarzen und weißen Flugfeld, das mit seinen Sichtsignalen den Namen der Station – Celle – in einen gleichgültigen Himmel morste. Denn heute nacht würden keine umherirrenden Piloten nach ihm Ausschau halten und ihre Peilung kontrollieren; heute war Christnacht, im Jahre des Heils 1957, und ich war ein junger Flugzeugführer, der auf Weihnachtsurlaub zu den Seinen in die Heimat wollte.

Ich hatte es eilig. Im blauen Schein des Instrumentenbretts, wo die vielen Zifferblätter schütterten und tanzten, sah ich auf meine Uhr: zweiundzwanzig Uhr fünfzehn. Im Cockpit war es warm und gemütlich, denn die Heizung lief auf vollen Touren, um ein Vereisen der Kuppel zu verhindern. Ich saß geborgen, warm und dicht verpackt wie in einem Kokon, der mich vor der bitteren Kälte draußen schützte, vor der eisigen Nacht, die einen Menschen, der ihr bei 600 Meilen pro Stunde ausgesetzt wird, in weniger als einer Minute töten kann.

»Charlie Delta ...«

Die Stimme des Flugleiters, die in meinen Kopfhörern klang, als säße er bei mir in der winzigen

Pilotenkanzel und brüllte mir direkt ins Ohr, weckte mich aus meiner Träumerei. Er hat schon mehr als einen gekippt, dachte ich. Schwerer Verstoß gegen die Dienstvorschrift, aber hol's der Teufel, heute ist Weihnachten.

»Control... Charlie Delta«, erwiderte ich.

»Charlie Delta, cleared for take-off«, sagte er.

Ich gab die Rückbestätigung durch, schob mit der linken Hand den Gashebel leicht nach vorn und hielt mit der rechten die Vampire genau auf dem Mittelstreifen. Hinter mir schwoll der leise Pfeifton der Goblin-Turbine immer stärker an, wurde zum Schrei, dann zum Gebrüll. Der stumpfnasige Vogel glitt dahin, die Lichter zu beiden Seiten der Startbahn huschten in immer schnellerer Folge vorbei, bis sie einen einzigen Leuchtstreifen bildeten. Die Maschine bekam Auftrieb, die Nase hob sich leicht, das Bugrad löste sich von der Piste, und im gleichen Augenblick hörte das Rumpeln auf. Sekunden später hob das Hauptfahrwerk ab, und auch sein leises Poltern verstummte. Ich hielt die Maschine knapp über Boden und beschleunigte, bis mir ein Blick auf den Fahrtmesser sagte, daß wir über 120 Knoten hinaus waren und auf 150 zugingen. Als das Ende der Startbahn unter meinen Füßen wegsauste, zog ich die Vampire in eine sanft ansteigende Linkskurve und fuhr im gleichen Moment das Fahrwerk ein.

Unter und hinter mir hörte ich den dumpfen Schlag, mit dem das Hauptfahrwerk in seine Zellen einrastete, ich spürte den jähen Schub, als der Widerstand wegfiel. Vor mir erloschen die drei Lampen, die an die drei Räder mahnten. Ich hielt die Maschine in der ansteigenden Kurvc und drückte mit dem linken Daumen auf die Funktaste.
»Charlie Delta, airborne, wheels up and locked«, sagte ich in meine Sauerstoffmaske.
»Charlie Delta, Roger, over to Channel D«, sagte der Flugleiter, und dann setzte er, noch ehe ich auf den anderen Kanal hatte umschalten können, hinzu: »Fröhliche Weihnachten.«
Eindeutig ein schwerer Verstoß gegen die Funkvorschriften. Ich war damals noch sehr jung und nahm es sehr genau. Aber ich erwiderte: »Vielen Dank, Tower, gleichfalls.« Dann schaltete ich auf die Frequenz der R.A.F.-Bezirkskontrolle für Norddeutschland um.
An meinem rechten Oberschenkel war die Navigationskarte befestigt, meine Route darauf in blauer Tinte ausgezogen, aber ich brauchte keine Karte. Ich wußte jede Einzelheit auswendig, ich hatte zuvor alles peinlich genau mit dem Navigationsoffizier in der Orterbaracke ausgearbeitet: *Über Flugplatz Celle auf Kurs 265 Grad drehen, weiter steigen bis 27 000 Fuß. Nach Erreichen die-*

*ser Höhe Kurs beibehalten und auf 485 Knoten beschleunigen. Meldung auf Kanal D über Einflug in dortige Kontrollzone, dann, einer geraden Linie folgend, über die holländische Küste südlich Beveland zur Nordsee. Nach 44 Minuten Flugzeit auf Kanal F umschalten und von Anflugkontrolle Lakenheath eine Peilung anfordern. Nach weiteren 14 Minuten befinden Sie sich über Lakenheath. Danach folgen Sie den Instruktionen. Sie werden mit Radarkontrolle auf den Endanflug eingewiesen.* Kein Problem, alles Routineverfahren. 66 Minuten Flugzeit einschließlich Anflug und Landung, und die Vampire hatte genügend Treibstoff, um sich über 80 Minuten in der Luft zu halten.

Als ich in 5 000 Fuß Höhe den Flugplatz Celle überflog, richtete ich mich auf und beobachtete, wie der Zeiger meines elektrischen Kompasses es sich auf Strich 265 Grad bequem machte. Die Nase zeigte in das schwarze eisige Gewölbe des Nachthimmels, dessen Sternenschar so hell glänzte, daß sie blendend weiße Blitze sprühte. Drunten wurde die schwarzweiße Landkarte Norddeutschlands immer kleiner, die dunklen Massen der Kiefernwälder mischten sich mit den weißen Flächen der Felder. Da und dort funkelten die Lichter eines Dorfs oder einer kleinen Stadt. Dort unten in den fröhlich erleuchteten Straßen waren jetzt die Weihnachtssinger unterwegs, klopften an

die mit Tannenreis geschmückten Türen, sangen ihr »Stille Nacht« und kassierten ihr Scherflein. Die westfälischen Hausfrauen waren emsig mit der Zurüstung von Karpfen und Gänsen beschäftigt.
400 Meilen weiter würde die Szenerie ähnlich sein; die Texte der Lieder würden in meiner Muttersprache gesungen, aber häufig zu den gleichen Melodien, und anstatt des Gänsebratens kam Truthahn auf den Tisch. Aber ob Weihnachten oder Christmas, es ist das gleiche Fest in der ganzen christlichen Welt, und es war schön, es zu Hause feiern zu dürfen.
Von Lakenheath gab es einen Urlauberbus bis London, der, wie ich wußte, kurz nach Mitternacht abfuhr; in London fand sich bestimmt eine Mitfahrgelegenheit bis zum Haus meiner Eltern in Kent. Das Frühstück würde ich schon im Kreis meiner Lieben einnehmen können. Der Höhenmesser zeigte 27 000 Fuß an. Ich brachte die Maschine in die Horizontale, beschleunigte, bis ich eine Geschwindigkeit von 485 Knoten erreicht hatte, und hielt den Kurs von 265 Grad. Irgendwo drunten mußte jetzt in der Dunkelheit die holländische Küste unter mir hinweggleiten, denn meine bisherige Flugzeit betrug 21 Minuten. Keine Komplikationen.
Die Komplikationen fingen an, nachdem ich zehn

Minuten über der Nordsee geflogen war, und sie setzten so lautlos ein, daß ich ihr Vorhandensein erst nach ein paar Minuten bemerkte. Eine Weile war mir gar nicht aufgefallen, daß das leise Summen in meinen Kopfhörern verstummt war und durch das Vakuum völliger Stille ersetzt wurde. Während ich in Gedanken zu Hause und bei meinen wartenden Angehörigen weilte, mußte meine Konzentration nachgelassen haben. Die Lage wurde mir erst klar, als ich einen Blick nach unten auf den Kompaß warf, um meinen Kurs zu überprüfen. Anstatt wie festgenagelt auf 265 Grad zu stehen, tanzte der Zeiger ausgelassen rundum, wies bald auf Ost, West, Süd oder Nord.

Ich verfluchte in höchst unweihnachtlichen Wendungen den Kompaß und den Instrumentenmechaniker, der für hundertprozentige Zuverlässigkeit der Armaturen verantwortlich ist. Kompaßausfall in der Nacht, auch in einer hellen Mondnacht, wie sie draußen vor der Plastikkuppel stand, war kein Spaß. Allerdings auch wieder keine Katastrophe. In ein paar Minuten könnte ich mit Lakenheath Kontakt aufnehmen und mittels GCA-Verfahren* weitergelotst werden. Jeder gutausgerüstete Flugplatz besitzt diese Einrichtung, die es erlaubt, die Landung einer Maschine auch bei denkbar ungünstigen Wetterverhältnissen zu

* Ground-controlled approach system

sichern. Unter Verwendung von Bereichs- und Präzisionsanflugradar wird der Pilot mittels detaillierter Anweisungen vom Boden aus »heruntergesprochen«. Vielleicht würde ich schon jetzt an der äußersten Grenze des Sende- und Empfangsbereichs meines Funkgeräts Lakenheath anpeilen können.

Der Ordnung halber müßte ich zuerst noch Kanal D, auf den ich geschaltet war, von meinem Mißgeschick Bericht erstatten, damit von dort Lakenheath gemeldet werden könnte, daß ich ohne Kompaß im Anflug sei. Ich drückte die Sendetaste und rief:

»Celle Charlie Delta, Celle Charlie Delta, rufe North Beveland Control... bitte kommen...«

Ich gab es auf. Es hatte keinen Sinn. Anstatt des lebhaften Knackens der atmosphärischen Störungen und des scharfen Widerklangs meiner Stimme, der mir sonst in die Ohren drang, war nur ein ersticktes Gebrabbel unter meiner Sauerstoffmaske zu hören. Nur meine eigene Stimme sprach und gelangte nirgendwo hin. Ich versuchte es nochmals. Mit dem gleichen Ergebnis. Weit hinter mir, über der schwarzen feindseligen Wasserwüste der Nordsee, im warmen freundlichen Betongebäude von North Beveland Control, hatten sich die Männer von ihren Kontrollpulten zurückgelehnt, plauderten und tranken dampfenden Kaffee

oder Kakao. Und sie konnten mich nicht hören. Die Funkverbindung war tot.
Ich kämpfte die aufsteigende Panik nieder, die einen Piloten schneller töten kann als alles andere, schluckte und zählte langsam bis zehn. Dann schaltete ich auf Kanal F und versuchte, Lakenheath anzupeilen, das in der Grafschaft Suffolk südlich von Thetford inmitten von Nadelwäldern liegt. Dort hatten sie das GCA-Anflugsystem, diese prächtige Erfindung, die für sichere Landung sorgte, auch wenn man die Orientierung verloren hatte. Auch auf Kanal F war und blieb die Funkverbindung tot. Mein eigenes Gemurmel wurde durch die Gummidichtung der Sauerstoffmaske gedämpft. Als Antwort hörte ich nur das stetige Pfeifen des Düsentriebwerks hinter mir.
Der Himmel ist ein sehr einsamer Ort, und noch einsamer ist der Himmel in einer Winternacht. Und ein einsitziges Düsenkampfflugzeug ist ein einsames Haus, ein stählernes Gehäuse, das auf Stummelflügeln in der Luft gehalten wird, durch die eisige Leere gejagt von einem Flammrohr, das in jeder Betriebssekunde 6 000 Pferdestärken produziert. Aber die Einsamkeit wird aufgehoben, entschärft durch die Gewißheit, daß der Pilot durch einen Fingerdruck auf eine Taste am Gashebel mit anderen Menschen sprechen kann, mit Leuten, die sich um ihn kümmern, mit den Männern

und Frauen, die das Personal des weltweiten Flugsicherungsnetzes bilden. Nur ein Druck auf diese Taste, die Sendetaste, und Dutzende dieser Leute in Kontrolltürmen im ganzen Land, die auf diesen Kanal geschaltet sind, können den Hilferuf hören. Wenn der Pilot sendet, zeigt in jedem Kontrollturm, der auf dieser Frequenz arbeitet und ein Peilgerät eingeschaltet hat, der Zeiger in die Richtung, in der sich das Flugzeug in Relation zum Kontrollturm befindet. Überträgt man die Peilungen von zwei verschiedenen Kontrollstellen auf eine Landkarte, so findet man am Schnittpunkt der beiden Standortlinien die Position der Maschine. Der Pilot ist nicht mehr im All verloren. Eine Menge Leute machen sich sofort daran, ihn sicher heimzuleiten.

Die Radarstelle sucht auf ihren Bildschirmen das winzige Pünktchen auf, das von ihm stammt; sie nimmt Funkverbindung mit ihm auf und gibt ihm Anweisungen. »Beginnen Sie jetzt Ihren Sinkflug, Charlie Delta. Wir haben Sie jetzt...« Warme, sachkundige Stimmen, Stimmen, die ein ganzes Geschwader elektronischer Vorrichtungen aufbieten, über den Winterhimmel ausgreifen können, durch Eis und Regen, über Schnee und Wolken, um das verirrte Schaf aus der tödlichen Unendlichkeit zu holen und hinunterzugeleiten zur hell erleuchteten Piste, die Landung und Leben bedeutet.

Wenn der Pilot sendet. Aber dazu braucht er ein intaktes Funkgerät. Noch ehe ich meinen Versuch mit Kanal J, der internationalen Notruffrequenz, mit gleichfalls negativem Resultat beendet hatte, wußte ich, daß mein 10-Kanal-Funkgerät so tot war wie der legendäre Dodo.
Die Royal Air Force hatte mich zwei Jahre lang ausgebildet, bis ich ihre Kampfmaschinen fliegen konnte, und der Großteil der Ausbildungszeit war auf das Verhalten in Gefahrensituationen verwendet worden. Es kommt nicht darauf an, so hämmerten sie uns in der Fliegerschule immer wieder ein, daß man lernt, unter idealen Bedingungen zu fliegen, sondern daß man kritische Situationen meistern lernt und überlebt. Jetzt sollte sich das Training bewähren.
Während ich vergebens meine Funkkanäle durchprobierte, hefteten sich die Augen auf das Instrumentenbrett vor mir. Die Instrumente verrieten mir eine ganze Menge. Es war kein Zufall, daß der Kompaß und das Funkgerät gleichzeitig versagt hatten; beide waren an das Stromnetz der Maschine angeschlossen. Irgendwo unter meinen Füßen, in dem kilometerlangen Geschling buntfarbener Drähte, aus dem die Stromleitung besteht, war eine Hauptsicherung durchgebrannt. Blöderweise fiel mir als erstes ein, daß ich dem Instrumentenmechaniker Abbitte leisten und den

Elektriker verwünschen müsse. Dann erst überlegte ich, was in meiner mißlichen Lage zu tun sei.

Als erstes, so hörte ich im Geiste den alten Fluglehrer, Sergeant Norris, dozieren, ist die Reisegeschwindigkeit auf ein Minimum zu drosseln.

»Wir wollen doch keinen wertvollen Treibstoff vergeuden, klarer Fall, wie, Gentlemen? Vielleicht brauchen wir ihn später. Also vermindern wir die Leistung von 10000 auf 7200 Umdrehungen pro Minute. Dadurch fliegen wir ein bißchen langsamer, aber wir bleiben länger oben, klarer Fall, wie, Gentlemen?« Für den guten Sergeant Norris waren wir immer alle gleichzeitig in der gleichen Notsituation. Ich schob den Gashebel zurück und beobachtete den Umdrehungszähler. Aber auch er war an die Stromleitung angeschlossen, und als die Sicherung durchbrannte, hatte ich sämtliche elektrischen Navigationsinstrumente verloren. Ich schätzte nach der Lautfrequenz des Triebwerks, wann die Rotoren noch etwa 7200 Umdrehungen pro Minute machten, und spürte, wie die Maschine langsamer wurde. Die Nase der Vampire hob sich langsam über den Horizont, also trimmte ich das Flugzeug so, daß es Kurs und Flughöhe beibehielt.

Ein Pilot hat sechs wichtige Instrumente vor Augen. Das erste ist der Kompaß. Die übrigen fünf sind Fahrtmesser, Höhenmesser, Variometer (der ihm Steig- und Sinkgeschwindigkeit angibt), künstlicher Horizont (der ihm anzeigt, welche Lage das Flugzeug zur Horizontalebene hat) und Wendezeiger (der ihm sagt, wenn er wie ein Taschenkrebs seitwärts über den Himmel schusselt). Die zwei letztgenannten arbeiten elektrisch und waren daher genauso außer Betrieb wie der Kompaß. Blieben mir also nur die druckgesteuerten Instrumente, Fahrtmesser, Höhenmesser und Variometer. Mit anderen Worten, ich wußte, wie hoch und wie schnell ich flog.

Es ist durchaus möglich, ein Flugzeug nur mit Hilfe dieser Instrumente zu landen und sich im übrigen der ältesten Navigationshilfen der Welt, der Augen, zu bedienen. Möglich – unter bestimmten Voraussetzungen: klares Wetter, Tageslicht und wolkenloser Himmel. Es ist möglich, gerade noch möglich, aber keineswegs ratsam, einen Düsenjäger mit Koppelnavigation fliegen zu wollen, also vorwiegend im Sichtflug, indem man hinunterschaut und die Küstenlinie verfolgt, wo sie einen gut zu erkennenden Verlauf nimmt, terrestrische Objekte ausmacht, einen auffallend geformten Wasserturm, das glänzende Band eines Flusses, der nach der an den Schenkel geschnallten Landkarte nur die Ouse sein kann – oder der Trent oder die Themse. Aus geringerer Höhe ist

es vielleicht sogar möglich, den Turm der Kathedrale von Norwich vom Turm der Kathedrale von Lincoln zu unterscheiden, wenn man die Gegend sehr gut kennt. Bei Nacht ist es in jedem Fall unmöglich.
In der Nacht, auch in einer hellen Mondnacht, sieht man nur eins: die Lichter. Von oben gesehen bilden sie ein Muster. Manchester sieht anders aus als Birmingham; Southampton erkennt man an der Form seines gewaltigen Hafens und des Solent-Meeresarms, der sich schwarz – das Meer ist von oben gesehen schwarz – vom Lichterteppich der Stadt abhebt. Ich kannte Norwich sehr gut, und wenn ich die weit geschwungene Ausbuchtung der Norfolk-Küste von Lowestoft über Yarmouth nach Cromer ausmachen könnte, dann würde ich auch Norwich entdecken, die einzige größere Lichterwucherung zwanzig Meilen landeinwärts von den drei genannten Küstenstädten entfernt. Und fünf Meilen nördlich von Norwich lag der Fliegerhorst von Merriam St. George, dessen rotes Leuchtfeuer seine Kennung in die Nacht blinken würde. Dort würde ich, wenn die Leutchen nur genügend Verstand hätten, die Beleuchtung einzuschalten, sobald sie mich in geringer Höhe über dem Flugfeld im Warteflug hin- und herdonnern hörten, sicher landen können.
Während ich anfing, die Vampire im langsamen

Sinkflug auf die nahende Küste zuhalten zu lassen, überschlug ich im Geist fieberhaft, wieviel Verspätung ich durch die verminderte Geschwindigkeit bis jetzt hatte. Nach meiner Uhr war ich seit 43 Minuten in der Luft. Die Küste von Norfolk mußte irgendwo vor mir in sechs Meilen Tiefe liegen. Ich blickte zum Vollmond auf, der wie ein Scheinwerfer am funkelnden Himmel stand, und dankte ihm für sein Leuchten.

Als die Maschine auf Norfolk zuglitt, erfaßte mich das Gefühl der Einsamkeit mit aller Macht. Alles, was mir bei meinem Aufstieg von der niedersächsischen Basis so schön erschienen war, wurde nun zum erbitterten Feind. Die Sternenpracht weckte keine Bewunderung mehr, ihr Gleißen in der zeitlosen Unendlichkeit, in der Zone ewigen Frosts wurde zur Drohung. Der Nachthimmel mit seiner bei Tag und Nacht konstanten Temperatur von 56 Grad unter Null erschien mir als gigantisches kälteknisterndes Gefängnis. Und unter mir lag der schlimmste aller Feinde, der Erzfeind: die höllische, unerbittliche Nordsee, die nur darauf lauerte, mich und mein Flugzeug zu verschlingen und uns beide für alle Ewigkeit in der nassen schwarzen Gruft zu begraben, wo nichts sich regte noch jemals sich regen würde. Und niemand würde es je erfahren.

Als ich bei 15 000 Fuß angelangt war und immer

noch weiter hinunterging, stellte ich fest, daß ein neuer Feind, der allergefährlichste, die Arena betreten hatte. Drei Meilen unter mir lag keine tintenschwarze See mehr, kein Perlenband blinzelnder Küstenlichter erstreckte sich vor mir. So weit das Auge reichte, rechts und links, vor und zweifellos auch hinter mir, spiegelte sich das Mondlicht in einem flachen und endlosen weißen Meer. Vielleicht war es nur 100, 200 Fuß tief, aber das genügte. Es genügte, um mir völlig die Sicht zu rauben, genügte, mich zu töten. Der ostenglische Nebel war eingefallen.

Während ich von Deutschland nach Westen flog, war eine leichte und von den Meteorologen nicht vorhergesehene Brise über der Nordsee aufgekommen und blies auf die Küste von Norfolk zu. Im Laufe des vergangenen Tages hatten Wind und Frost das flache offene Land Ostenglands hartgefroren. Am Abend hatte der Wind eine Zone relativ wärmerer Luft über der Nordsee in Bewegung gebracht und auf die Ebenen Ostenglands zugetrieben. Die Abermillionen winziger in der Seeluft enthaltener Feuchtigkeitspartikel waren bei der Berührung mit der eiskalten Erde kondensiert und hatten jenen berüchtigten Nebel gebildet, der innerhalb von 30 Minuten fünf Grafschaften auslöschen kann. Wie weit dieser Nebel sich nach Westen erstreckte, wußte ich nicht; bis zu den

West Midlands war er vielleicht schon gekommen und schob sich nun an den Osthängen der Pennines hoch. Es kam nicht in Frage, diesen Nebel einfach in westlicher Richtung zu durchfliegen: ohne Navigationsinstrumente und ohne Funk würde ich über einer unbekannten und unvertrauten Landschaft verloren sein. Ebensowenig konnte ich versuchen, umzukehren und nach Holland zurückzufliegen, um auf einer der niederländischen Luftwaffenbasen an der Küste zu landen; dazu reichte der Treibstoff nicht aus. Da ich mich nur auf meine Augen verlassen mußte, würde ich entweder die Landung in Merriam St. George schaffen müssen oder irgendwo in den nebelverhangenen Mooren Norfolks unter den Trümmern der Vampire den Tod finden.

Bei 10000 Fuß fing ich die Maschine ab und beschleunigte ein wenig, um mich auf dieser Höhe zu halten, was mich noch mehr von meinem kostbaren Sprit kostete. Und wiederum erinnerte ich mich an die Instruktionen, die uns Sergeant Norris ein für allemal eingehämmert hatte.

»Wenn wir uns über einer geschlossenen Wolkendecke verflogen haben, Gentlemen, dann müssen wir uns mit dem Gedanken ans Aussteigen vertraut machen, klarer Fall, wie, Gentlemen?«

Ganz klarer Fall, Sergeant. Unglücklicherweise läßt sich der Martin-Baker-Schleudersitz nicht

in die einsitzige Vampire einbauen, aus der man bekanntlich so gut wie gar nicht aussteigen kann. Die beiden einzigen, die die Prozedur überlebten, verloren dabei ihre Beine. Aber bei einem müßte es doch schließlich mal klappen.
Was sonst noch, Sergeant?
»Als erstes nehmen wir daher mit unserer Maschine Kurs auf die offene See, weg von allen Landstrichen mit größerer Besiedlungsdichte.«
Will heißen, weg von Städten, Sergeant. Die guten Leute da drunten zahlen für uns, damit wir für sie fliegen, nicht damit wir ihnen ein kreischendes Ungeheuer aus zehn Tonnen Stahl auf die Köpfe fallen lassen, und das noch ausgerechnet zu Weihnachten. Dort drunten wimmelt es von Kindern, Schulen, Krankenhäusern und Wohnungen. Also ab mit uns in Richtung Meer.
In den Notverhaltensinstruktionen ist alles bis ins kleinste dargelegt. Nicht erwähnt wird darin, daß die Chancen eines Piloten, der in einer Winternacht in seiner gelben Schwimmweste in der Nordsee herumplanscht, während ein beißend kalter Wind sein erfrorenes Gesicht peitscht, Eis sich auf seinen Lippen, Brauen und Ohren bildet und das Flugpersonal, das 300 Meilen von ihm entfernt im gutgeheizten Kasino heißen Punsch schlürft, von alledem keine Ahnung hat – daß die Chancen dieses Piloten, länger als eine Stunde am Leben

zu bleiben, nicht einmal eins zu hundert stehen. In den Lehrfilmen wurden wir mit Bildern berieselt, auf denen glückstrahlende Schwimmer, die über Funk gemeldet hatten, daß sie aussteigen müßten, nach wenigen Minuten von Hubschraubern aufgefischt wurden, und das alles an einem strahlend schönen, warmen Sommertag.

»Nun noch ein letztes Notverfahren, für den alleräußersten Fall.«

Schon besser, Sergeant Norris, sogar genau das Richtige für mich.

»Jedes Flugzeug, das sich den britischen Küsten nähert, erscheint auf den Radarschirmbildern unseres Frühwarnsystems. Wenn wir also mangels Funkgeräts keinen SOS-Ruf aussenden können, dann versuchen wir, durch ungewöhnliche Flugmanöver die Aufmerksamkeit unserer Radarüberwachung auf uns zu lenken. Das tun wir, indem wir Kurs auf die See nehmen und dann kleine Dreiecke fliegen, eine Linkskurve, noch eine und noch eine, wobei jeder Schenkel des Dreiecks einer Flugdauer von zwei Minuten entspricht. Damit dürfen wir hoffen, uns bemerkbar zu machen. Sobald wir geortet sind, ergeht die Meldung an den Flugverkehrsleiter, der einer anderen Maschine Anweisung erteilt, aufzusteigen und uns zu suchen. Diese andere Maschine hat natürlich ein Funkgerät. Wenn das Rettungsflugzeug uns entdeckt hat, fliegen wir mit ihm im Verband, und es lotst uns hinunter durch die Wolken oder den Nebel zu einer sicheren Landung.«

Ja, das war der letzte Versuch, seine Haut zu retten. Jetzt fielen mir auch alle Einzelheiten wieder ein. Das Rettungsflugzeug, der Scout, brachte die verirrte Maschine, Flügelspitze an Flügelspitze, sicher zur Erde. Ich sah auf die Uhr: 51 Minuten Flugzeit, noch Sprit für 30 Minuten. Die Kraftstoffuhr zeigte ein Drittel voll. Da ich wußte, daß ich die Küste von Norfolk noch nicht erreicht hatte, zog ich die Vampire, immer in 10 000 Fuß Höhe, in eine Linkskurve und begann mit der ersten Seite des ersten Dreiecks. Nach zwei Minuten machte ich nochmals Linksum, wobei ich nur hoffen konnte, daß mir auch ohne Kompaß, nur mit dem Mond als ungefährem Anhalt, ein Winkel von 120 Grad gelungen sein möge. Unter und hinter mir erstreckte sich die Nebelbank, soweit ich sehen konnte, und vor mir, in Richtung Norfolk, war es nicht anders.

Zehn Minuten waren vergangen, fast zwei vollständige Dreiecke. Ich hatte seit Jahren nicht gebetet, nicht wirklich gebetet, und es kam mich hart an. Herrgott, bitte hol mich raus aus dieser Scheiße – nein, so redet man nicht mit *Ihm*. Unser Vater, der du bist in dem Himmel – das hatte *Er* schon tausendmal gehört und würde es heute nacht weitere tausendmal zu hören kriegen. Was sagt man zu *Ihm*, wenn man *Seine* Hilfe braucht? Bitte, lieber Gott, mach, daß mich jemand hier oben entdeckt, bitte mach, daß jemand mich Dreiecke fliegen sieht und einen Scout schickt, der mich auf den rechten Weg zu einer sicheren Landung bringt. Bitte hilf mir, ich verspreche dir ... Was konnte ich *Ihm* bloß versprechen? *Er* brauchte mich nicht, und ich, der *Ihn* jetzt so dringend brauchte, hatte so lange nicht von mir hören lassen, daß *Er* mich höchstwahrscheinlich gar nicht mehr kannte.

Als ich nach meiner Uhr 72 Minuten geflogen war, wußte ich, daß niemand kommen würde. Die Kompaßnadel tänzelte noch immer ziellos zwischen allen vier Kardinalpunkten umher, die übrigen elektrischen Instrumente waren tot, ihre Zeiger wiesen sämtlich auf Null. Mein Höhenmesser stand bei 7000 Fuß, also war ich beim Kurven 3000 Fuß tiefer geraten. Egal. Brennstoff zwischen Null und ein Viertel voll – sagen wir, noch zehn Minuten Flugzeit. Ich fühlte, wie die Raserei der Verzweiflung mich überkam. Ich fing an, in das tote Mikrophon zu brüllen.

Ihr blöden Hunde, warum glotzt ihr nicht auf eure Radarschirmbilder? Warum sieht keiner, daß ich hier oben bin? Seid wohl alle so stockbesoffen, daß euch Hören und Sehen vergangen ist! Mein

Gott, warum hört mich denn keiner? – Als ich soweit gekommen war, hatte der Zorn sich verflüchtigt, und ich begann, wie ein kleines Kind zu flennen, aus reiner Hilflosigkeit.
Fünf Minuten später wußte ich mit Bestimmtheit, daß ich in dieser Nacht sterben würde. Seltsamerweise fürchtete ich mich jetzt nicht einmal mehr. Ich war nur unendlich traurig. Traurig, weil ich so viele Orte niemals sehen, so vielen Menschen nie begegnen würde. Denn es ist schrecklich und traurig, mit zwanzig Jahren ein ungelebtes Leben beenden zu müssen, und das Schrecklichste dabei ist nicht das Sterben, sondern der Gedanke an all das, was man nicht mehr erleben wird.
Durch die Plastikkuppel sah ich, daß der Mond schon kurz vor dem Untergehen war; er schwebte knapp über dem dicken weißen Nebel am Horizont. Noch zwei Minuten, und der Nachthimmel würde in völlige Finsternis getaucht sein, und nach ein paar weiteren Minuten würde ich mich aus der todgeweihten Maschine schleudern müssen, ehe sie zu ihrem letzten Sturzflug in die Nordsee ansetzte. Eine Stunde später würde auch ich tot sein, nur noch eine steifgefrorene Leiche, die in der leuchtend gelben Schwimmweste im Wasser trieb.
Ich ließ die Vampire über den linken Tragflügel abkippen und hielt auf den Mond zu, um die letzte Seite des letzten Dreiecks zu fliegen.

Drunten, unterhalb der Flügelspitze, huschte ein schwarzer Schatten durch die Weiße über dem Mond. Eine Sekunde lang glaubte ich, es sei mein eigener Schatten, aber da ich den Mond vor mir hatte, mußte mein Schatten hinter mir sein. Nein, es war ein Flugzeug, das sich weiter unten vor die Nebelbank geschoben hatte und, während ich in die Kurve gegangen war, mit mir gleichzog, eine Meile unter mir auf die Nebelwand zuhielt.
Um die unter mir fliegende Maschine im Blickfeld zu behalten, kreiste ich mit abwärts gekippter Tragfläche weiter. Auch das andere Flugzeug kreiste weiter, bis wir beide eine volle Runde gedreht hatten. Erst dann wurde mir klar, warum der andere sich so weit unter mir hielt, warum er nicht bis zu mir stieg und sich an meiner Flügelspitze ausrichtete. Er flog langsamer als ich, er könnte nicht Schritt halten, wenn er versuchen würde, neben mir herzufliegen. Ich wies den Gedanken von mir, es könne sich um ein x-beliebiges anderes Flugzeug handeln, das zufällig meine Route kreuzte und im nächsten Moment für immer in der Nebelbank verschwinden würde. Ich verlangsamte und fing an, auf den anderen zuzugleiten. Er drehte weiter seine Kreise; ich auch. Bei 5 000 Fuß wußte ich, daß ich noch immer zu schnell für ihn war. Ich konnte kein Gas mehr wegnehmen, die Triebwerke waren ohnehin schon im

Leerlauf. Um dennoch langsamer zu werden, fuhr ich die Bremsklappen aus. Die Vampire vibrierte, als die Klappen in den Luftstrom ausschwangen und die Geschwindigkeit auf 280 Knoten drosselten.

Und dann stieg er auf mich zu, schwenkte neben meine linke Flügelspitze ein. Ich konnte seine schwarze Masse vor dem trübweißen Nebelgrund unterscheiden. Dann war er bei mir, nur 100 Fuß von meiner Tragfläche entfernt, und wir fingen unsere Maschinen gleichzeitig ab und gingen wieder auf Horizontalflug. Beide Flugzeuge schwankten, als wir versuchten, uns auszurichten. Der Mond war zu meiner Rechten, und mein eigener Schatten verdunkelte die Silhouette neben mir, aber ich konnte doch sehen, daß zwei Propeller durch die Luft wirbelten. Ganz klar, daß er nicht so schnell fliegen konnte wie ich. Ich saß in einem Düsenjäger, er in einem Flugzeug wesentlich älterer Bauart.

Ein paar Sekunden lang hielt er sich neben mir, halb unsichtbar in meinem Schatten, dann ließ er seine Maschine leicht nach links abkippen. Ich folgte jeder seiner Bewegungen, denn er war ganz offensichtlich der Scout, der mir zu Hilfe geschickt worden war, und er hatte Kompaß und Funk, ich nicht. Er beschrieb einen Halbkreis, dann nahm er wieder Geradeauskrus. Aus der Stellung des

schwindenden Mondes entnahm ich, daß wir wieder auf die Küste von Norfolk zuhielten, und zum erstenmal konnte ich meinen Gefährten jetzt deutlich sehen. Zu meiner Überraschung war mein Scout eine De-Havilland-Mosquito, ein Kampfbombertyp des Zweiten Weltkriegs.
Dann fiel mir ein, daß die Wetterflugstaffel in Gloucester die letzten noch herumfliegenden Mosquitos für Erkundungsflüge in die obere Atmosphäre zur Erleichterung der Prognosenerstellung benutzte. Ich hatte solche Mosquitos bei Militärparaden gesehen. Wenn sie über der Menge dahinbrausten, wurden erstaunte Rufe laut, und ältere Männer nickten wehmütig, genau wie beim Anblick der Spitfires, Hurricanes und Lancasters am 15. September.
Hinter dem Cockpit der Mosquito konnte ich im Mondlicht den behelmten Kopf des Piloten sehen und die Doppelkreise seiner Schutzbrille, als er sich dem Fenster auf meiner Seite zuwandte. Langsam hob er die rechte Hand, bis ich sie hinter der Scheibe sehen konnte, die Finger ausgestreckt, Handfläche nach unten. Er stieß die Finger nach vorn und nach unten, was heißen sollte »niedergehen und Fühlung halten«.
Ich nickte und hob rasch die linke Hand, so daß er sie sehen konnte, wies mit dem Zeigefinger auf mein Instrumentenbrett, dann hielt ich die fünf

gespreizten Finger hoch. Schließlich fuhr ich mit der Handkante über meine Kehle. Was nach allgemeiner Übereinkunft hieß, daß ich nur noch für fünf Minuten Sprit hatte, dann würde die Kraftstoffzufuhr aussetzen und ich erledigt sein. Ich sah den behelmten, bebrillten Kopf mit der Sauerstoffmaske bestätigend nicken, dann stießen wir hinunter in das Nebelfeld. Er wurde jetzt schneller, und ich zog die Bremsklappen wieder ein. Die Vampire hörte auf zu vibrieren und tauchte vor der Mosquito in die Tiefe. Ich drosselte sie wieder ab, hörte, wie das Heulen des Triebwerks sich zu leisem Pfeifen beruhigte, und schon war der Scout wieder an meiner Seite. Wir stürzten auf das unsichtbare Norfolk zu. Ich warf einen Blick auf den Höhenmesser: 2 000 Fuß – und noch immer ging es abwärts.

Bei 300 Fuß fing er die Maschine ab. Unter uns lag noch immer Nebel. Wahrscheinlich nur Bodennebel bis in 100 Fuß Höhe, aber das genügte, um eine Landung ohne GCA unmöglich zu machen. Ich konnte mir vorstellen, welche Abfolge von Anweisungen aus der Radarkabine in die Kopfhörer des Mannes strömte, der mit 280 Knoten neben mir herflog, nur durch einen Abstand von 80 Fuß, zwei Plastikscheiben und einen eisigen Luftstrom von mir getrennt. Ich hielt den Blick starr auf ihn gerichtet, hielt so eng wie möglich

Fühlung, um ihn auch nicht eine Sekunde lang aus den Augen zu verlieren, und achtete auf jedes seiner Handzeichen. Der Mond war untergegangen, aber vor der weißen Nebelfläche konnte ich die Schönheit seiner Maschine bewundern; die stumpfe Nase und das Libellen-Cockpit, die direkt in der Nase steckende Plastikkuppel, die langen, schlanken, unter den Tragflügeln hängenden Motorengondeln, in denen je ein wacker brummender Rolls-Royce-Merlin-Motor steckte, ein Meisterwerk der Technik. Zwei Minuten später hielt er die geballte Faust hoch, öffnete dann die Hand und spreizte alle fünf Finger gegen das Glas. *Fahren Sie Ihr Fahrwerk aus.* Ich drückte den Fahrwerkhebel hinunter und spürte den dumpfen Stoß, als alle drei Räder freikamen. Ein Glück, daß sie hydraulisch gesteuert und nicht von dem ausgefallenen Stromnetz abhängig waren.
Der Pilot der Mosquito wies wiederum nach unten, und als er in die Mondlichtung glitt, erhaschte ich einen Blick auf die Nase seines Flugzeugs. Sie trug in großen schwarzen Lettern die Buchstaben J K. Vermutlich die Abkürzung für das Rufzeichen Juliet Kilo. Nun ging es wieder abwärts, dieses Mal weniger steil.
Er fing die Maschine knapp über der Nebelschicht ab, so tief, daß die Fäden der Zuckerwatte sich um unsere Rümpfe sponnen, und wir begannen,

einen Vollkreis zu fliegen. Ich riskierte einen Blick auf meinen Treibstoffanzeiger; er wies auf Null, die Nadel zuckte nur noch ganz schwach. Um Gottes willen, mach schnell, betete ich, denn wenn mir jetzt der Sprit ausginge, würde keine Zeit mehr bleiben, bis zur minimalen Absprunghöhe von 500 Fuß zu steigen. Ein Düsenkampfflugzeug ohne Triebwerk ist in 100 Fuß Höhe eine tödliche Falle, aus der es kein Entrinnen gibt.

Zwei, drei Minuten lang schien er sich darauf zu beschränken, seine langsamen Runden zu drehen, während mir der Schweiß im Nacken ausbrach und schon in Strömen den Rücken hinablief, so daß die dünne Fliegerkombination aus Nylon an der Haut klebte. *Mach schnell, Mann Gottes, mach schnell!*

Ganz plötzlich richtete er die Maschine auf, so abrupt, daß ich um ein Haar den Anschluß verpaßt und ihn aus den Augen verloren hätte. Eine Sekunde später war ich wieder neben ihm und sah, wie seine linke Hand mir das Signal »Sinkflug« gab. Dann tauchte er auch schon auf die Nebelbank zu, ich folgte, und hinein ging's, hinab in einen zwar leichten und flachen Landeanflug, aber doch einen Anflug, aus nur 100 Fuß Höhe ins Nichts.

Wenn man aus einem noch so schwach erhellten Himmel in eine Wolken- oder Nebelzone fliegt, dann ist es, als flöge man in ein Meer aus grauer

Baumwolle. Plötzlich ist nichts mehr da, nur noch die grauen wirbelnden Strähnen, eine Million von Rankenfingern, die sich uns zum Würgegriff entgegenrecken. Jeder einzelne streicht flüchtig tastend über die Pilotenkanzel und zieht sich wieder in die Urmasse zurück. Die Sichtweite betrug praktisch Null, Umrisse, Größe, Form, Substanz gab es nicht mehr. Mit einer einzigen Ausnahme: dicht an meiner linken Flügelspitze, jetzt nur noch 40 Fuß entfernt, flog die schwach erkennbare Silhouette einer Mosquito mit unbeirrbarer Sicherheit auf irgend etwas zu, das ich nicht sehen konnte. Erst jetzt fiel mir auf, daß mein Scout ohne Bordlichter flog. Eine Sekunde lang lähmte mich Entsetzen bei dieser Entdeckung; dann ging mir die Umsicht dieses Mannes auf. Lichter im Nebel sind tückisch, irreführend und besitzen magnetische Anziehungskraft. Wie hypnotisiert fliegt man ihnen entgegen, ohne zu wissen, ob sie 40 oder 100 Fuß entfernt sind. Man hält unwillkürlich auf sie zu; für zwei Maschinen, die im Nebel im Verband fliegen, könnte das die Katastrophe bedeuten. Der Mann handelte richtig.
Da ich synchron mit ihm flog, wußte ich, daß er verlangsamte, denn ich mußte gleichfalls drosseln, Höhe und Geschwindigkeit wegnehmen. Ich warf einen blitzschnellen Blick auf die Instrumente. Der Höhenmesser stand auf Null, ebenso die

Kraftstoffuhr, keine der beiden Nadeln bewegte sich auch nur um Haaresbreite. Der Geschwindigkeitsmesser, den ich gleichfalls gesehen hatte, zeigte 120 Knoten – und bei 95 würde dieser verdammte Sarg wie ein Stein vom Himmel fallen.

Plötzlich wies der Scout mit dem Zeigefinger auf mich und dann nach vorn durch die Windschutzscheibe. Es bedeutete »so, das wär's, weiterfliegen und landen«. Ich starrte durch die nun triefende Scheibe. Nichts. Oder doch – ja, da war etwas. Eine hellere Stelle links, wieder eine rechts, dann zwei, jede auf einer Seite. Rechts und links von mir blitzten paarweise diesig beringte Lichter vorbei. Ich versuchte angestrengt zu sehen, was zwischen ihnen lag. Nichts, Schwärze. Dann lief ein heller Strich unter mir weg. Der Mittelstreifen. Schleunigst nahm ich das Gas völlig weg, hielt die Maschine auf Geradeauskurs und betete, daß sie aufsetzen möge.

Die Lichter kamen höher, waren schon fast in Augenhöhe, und noch immer wollte sie nicht aufsetzen. Peng. Wir berührten den Boden, wir berührten eine Sekunde lang die beleuchtete Bahn. Peng-peng. Nochmals ein kurzer Landestoß, dann schwebte die Maschine wieder, nur ein paar Zoll über der nassen schwarzen Piste. Bum-bum-bum-bum-bumms. Sie hatte aufgesetzt, die Arretierung des Fahrwerks hatte gehalten.

Die Vampire rollte jetzt mit über 90 Meilen Geschwindigkeit durch ein graues Nebelmeer. Ich betätigte die Bremsen, und nun stieß auch die Nase hart auf die Piste. Langsam bremsen, nicht ins Schleudern kommen, Steuerung festhalten, jetzt Bremsdruck verstärken, sonst rasen wir über das Ende der Landebahn hinaus. Die Lichter huschten nicht mehr so schnell vorüber, zogen langsamer vorbei, immer langsamer ...
Die Vampire stand. Ich sah, daß ich mit beiden Händen die Steuersäule umkrampft hielt und die Bremspedale nach vorn preßte. Ich weiß nicht mehr, wie lange ich so saß, ehe ich zu glauben wagte, daß wir tatsächlich standen. Schließlich glaubte ich es doch, zog die Parkbremse an und ließ die Hauptbremse los. Dann wollte ich das Triebwerk abstellen, denn es hatte keinen Sinn, in diesem Nebel herumzurollen, um den Standplatz zu finden; das Bodenpersonal würde den Düsenjäger mit einer Zugmaschine einholen müssen. Aber ich brauchte das Triebwerk nicht mehr abzustellen; während die Vampire die Landepiste entlanggerast war, hatte sie den letzten Tropfen Treibstoff verbraucht. Ich schaltete die restlichen Anlagen aus, Kraftstoff, Hydraulik, Elektrik und Druckregelung, und fing langsam an, die Sitzgurte, den Fallschirm und das Schlauchbootpaket abzuschnallen. Dabei sah ich draußen einen

Schatten heranflitzen. Links, nicht mehr als 50 Fuß entfernt, donnerte die Mosquito mit eingezogenem Fahrgestell im Tiefflug an mir vorbei. Durch das Seitenfenster sah ich kurz die winkende Hand des Piloten, dann war er verschwunden, hinaufgestoßen in den Nebel, ehe er mein Antwortzeichen hatte sehen können. Aber ich hatte mir ohnehin schon vorgenommen, von der Offiziersmesse aus Royal Air Force in Gloucester anzurufen und mich persönlich bei ihm zu bedanken.
Da sämtliche Bordanlagen außer Betrieb waren, beschlug sich das Cockpit schnell, und ich öffnete das Kabinendach und schob es von Hand nach oben und hinten, bis es einrastete. Der Frost packte meinen erhitzten Körper in dem leichten Nylonanzug. Ich erwartete jeden Augenblick die Ankunft des Flugzeugschleppers vom Kontrollturm, außerdem kamen bei einer Notlandung, auch am Weihnachtsabend, Löschwagen, Ambulanz und ein halbes Dutzend anderer Fahrzeuge immer sofort angerückt. Aber nichts geschah. Jedenfalls nicht in den nächsten zehn Minuten.
Als endlich die beiden Scheinwerfer aus dem Nebel krochen, war ich bereits völlig durchfroren. Die Lichter hielten 20 Fuß vor der stillstehenden Vampire an. Sie wirkten winzig neben der Masse des Düsenjägers. Eine Stimme rief:
»He, hallo!«

Ich stieg aus dem Cockpit, sprang von der Tragfläche auf den Boden und lief auf die Lichter zu. Sie erwiesen sich als die Scheinwerfer eines verbeulten alten Jowett Javelin. Nirgends ein Emblem der Royal Air Force. Am Steuer des Wagens ein Mann mit gedunsenem Biergesicht und Schnauzbart. Wenigstens trug er eine Offiziersmütze der R.A.F. Er starrte mich an, als ich aus dem Nebel zum Vorschein kam.

»Ist das Ihre?« Er wies mit dem Kopf auf den verschwommenen Umriß der Vampire.

»Ja«, sagte ich. »Hab sie grade gelandet.«

»Pfantastisch«, sagte er. »Ganz pfantastisch. Hopsen Sie rein. Ich bring Sie zum Kasino.«

Ich war dankbar, weil es warm war im Wagen, und noch dankbarer, weil ich noch lebte.

Er wendete den alten Wagen im ersten Gang auf der Rollbahn und steuerte offenbar den Kontrollturm und die dahinterliegende Offiziersmesse an. Als wir uns von der Vampire entfernten, sah ich, daß ich hart am Ende der Landepiste zum Stehen gekommen war, 20 Fuß vor einem Sturzacker.

»Verdammtes Schwein gehabt«, sagte er, oder vielmehr, er brüllte, denn der Motor donnerte noch immer im ersten Gang. Mein Chauffeur schien mit der Schaltung auf Kriegsfuß zu stehen. Bei dem Whiskygeruch, den er ausströmte, war das weiter nicht erstaunlich.

»Verdammtes Schwein«, pflichtete ich ihm bei. »Bin gerade noch mit dem letzten Tropfen Sprit runtergekommen. Mein Funk und sämtliche elektrischen Instrumente sind schon vor fast fünfzig Minuten über der Nordsee ausgefallen.«

An dieser Mitteilung hatte er eine Weile zu kauen.

»Pfantastisch«, sagte er schließlich. »Keinen Kompaß?«

»Keinen Kompaß. Habe den Kurs nach dem Mond berechnet. Bis zur Küste oder jedenfalls bis dorthin, wo sie nach meinen Berechnungen sein mußte. Danach...«

»Keinen Funk?«

»Keinen Funk«, sagte ich. »Alle zehn Kanäle tot.«

»Wie fanden Sie dann hierher?« fragte er.

Allmählich verlor ich die Geduld. Der Mann war offensichtlich einer der ehemaligen Fliegerleutnants, die bei der Beförderung übergangen worden waren, kein ausgesprochenes Kirchenlicht und wahrscheinlich auch nie Pilot gewesen, trotz des martialischen Schnurrbarts. Ein Bodenhengst. Und betrunken obendrein. Sollte zu dieser Nachtzeit auf einem in Betrieb befindlichen Flugplatz überhaupt nicht Dienst machen dürfen.

»Ach, per Einweiser«, erklärte ich leichthin. Das Notverfahren, das sich so trefflich bewährt hatte, erschien mir bereits als die einfachste Sache der

Welt, so schnell erholt die Jugend sich von ausgestandenen Schrecken. »Ich flog kurze linksgängige Dreiecke, wie in den Anweisungen für den Notfall vorgesehen, und sie schickten mir einen Scout, der mich hinunterlotste. Kein Problem.«
Er zuckte mit den Achseln, als wollte er sagen: »Sie müssen's ja wissen.« Schließlich meinte er: »Trotzdem, verdammtes Schwein gehabt. Wundert mich, daß der andere überhaupt hierher gefunden hat.«
»Auch kein Problem«, erwiderte ich geduldig. »Er kam vom R. A. F.-Flugwetterdienst in Gloucester. Hatte natürlich Funk. Wir flogen in Formation, nach dem GCA-Verfahren. Als ich dann die Feuer an der Pistenbegrenzung sah, konnte ich allein landen.«
Der Mann war eindeutig nicht nur betrunken, sondern von Hause aus begriffsstutzig.
»Pfantastisch«, sagte er und nuckelte einen Tropfen aus seinem Schnauzbart. »Wir haben kein GCA. Wir haben überhaupt keine Navigationseinrichtungen, nicht einmal ein Leuchtfeuer.«
Jetzt war es an mir, diese Mitteilung zu verdauen. »Ist das hier denn nicht R. A. F. Merriam St. George?« fragte ich ein wenig beklommen. Er schüttelte den Kopf. »Marham? Chicksands? Lakenheath?«
»Nein«, sagte er. »Wir sind R. A. F. Minton.«

»Nie gehört«, sagte ich nach einer Weile.
»Wundert mich nicht. Dieser Flugplatz ist nicht in Betrieb. Schon seit Jahren nicht mehr. Minton ist nur noch Versorgungsdepot. Entschuldigen Sie mich.«
Er hielt den Wagen an und stieg aus. Ich sah, daß wir wenige Fuß vor der verschwommenen Silhouette eines Kontrollturms standen, an den sich eine lange Reihe von Nissenhütten anschloß, offenbar früher einmal die Flugplatzgebäude, Navigations- und Instruktionsräume. Über der schmalen Tür am Fuß des Turms, durch die der Mann verschwunden war, hing eine einzelne nackte Glühbirne. In ihrem Schein konnte ich zerbrochene Fenster sehen, verrammelte Türen, ein Bild der Verlassenheit und des Verfalls. Der Mann kam wieder heraus und kletterte mit unsicheren Bewegungen hinter das Steuer.
»Hab bloß die Pistenbeleuchtung ausgeschaltet«, erklärte er und rülpste.
Mein Kopf drehte sich wie ein Mühlrad. Das Ganze war verrückt, idiotisch, unlogisch. Und doch mußte es eine ganz vernünftige Erklärung geben.
»Warum haben Sie die Beleuchtung eingeschaltet?« fragte ich.
»War Ihr Triebwerk«, sagte er. »Ich war in der Offiziersmesse und genehmigte mir einen Hum-

pen, und der alte Joe meinte, ich sollte mal kurz aus dem Fenster horchen. Da kreiste Ihre Maschine über uns. Hörte sich verdammt niedrig an, fast als kämen Sie in aller Eile runter. Dachte, ich könnte vielleicht was für Sie tun. Erinnerte mich, daß die alte Pistenbeleuchtung nicht abmontiert wurde, als sie den Flugplatz auflösten, also lief ich rasch zum Kontrollturm rüber und schaltete sie ein.«

»Verstehe«, sagte ich, verstand jedoch nicht das geringste. Aber es mußte eine Erklärung geben.

»Deshalb konnte ich erst so spät zu Ihnen rauskommen. Mußte erst wieder zurück zum Kasino und den Wagen holen, als ich hörte, daß Sie da draußen gelandet waren. Dann machte ich mich auf die Suche. Verdammt nebelige Nacht.«

Wem sagen Sie das, dachte ich. Noch ein paar Minuten schlug ich mich mit des Rätsels Lösung herum. Dann hatte ich sie.

»Wo genau liegt R. A. F.-Minton?« fragte ich ihn.

»Wir liegen hier fünf Meilen landeinwärts von Cromer«, sagte er.

»Und wo ist der nächstgelegene R. A. F.-Flugplatz, der sämtliche Funkeinrichtungen besitzt einschließlich GCA-Anflugsystem?«

Er dachte intensiv nach.

»Muß Merriam St. George sein«, sagte er schließlich. »Dort müssen sie den ganzen Kram haben. Wissen Sie, ich bin bloß der Lagerheini.«

Das war also die Erklärung. Mein unbekannter Freund im Wetterflugzeug hatte mich von der Küste direkt in Richtung Merriam St. George gelotst. Zufällig lag Minton, das gottverlassene alte Versorgungsdepot Minton mit seinem spinnwebverhangenen Pistenfeuer und dem trunksüchtigen Verwalter in der Einflugschneise zur Landebahn von Merriam St. George. Der Flugleiter von Merriam ließ uns zwei Platzrunden drehen, während er zehn Meilen entfernt seine Pistenfeuer anschaltete, und gleichzeitig hatte dieser alte Narr hier ebenfalls Festbeleuchtung veranstaltet. Ergebnis: Beim Anflug über die letzten zehn Meilen hatte ich meine Vampire auf den falschen Flugplatz plumpsen lassen. Ich wollte ihm schon sagen, daß er sich gefälligst nicht in moderne Flugverfahren einschalten solle, wenn er davon nichts verstehe, aber ich sagte es nicht. Auf der Mitte der Landebahn war mein Sprit zu Ende gewesen. Ich hätte niemals Merriam St. George geschafft. Ich wäre auf den Äckern zerschellt, weil ich keinen Aufsetzpunkt gefunden hätte. Ein wunderbarer Zufall war mir zu Hilfe gekommen, ich hatte wirklich, wie er sagte, verdammtes Schwein gehabt.
Als ich mir diese vernünftige Erklärung für meine Anwesenheit auf diesem vergammelten Flugplatz zurechtgelegt hatte, waren wir vor der Offiziersmesse angekommen. Mein Gastgeber stellte den

Wagen vor der Tür ab, und wir kletterten heraus. Über dem Eingang brannte eine Lampe, die den Nebel verscheuchte und das geschnitzte abblätternde Emblem der Royal Air Force über der Schwelle beleuchtete. Auf der einen Seite der Tür war ein Schild mit der Aufschrift »Offiziersmesse« an die Mauer geschraubt. Wir gingen hinein.

Die Eingangshalle war sehr geräumig, aber offenbar in der Vorkriegszeit erbaut, als Metallrahmenfenster und Lieferanteneingänge modern waren. Typisch ein Bau, der »schon bessere Tage gesehen« hatte. Jetzt bestand das Mobiliar des Vestibüls aus zwei rissigen Ledersesseln anstatt der zwanzig, die darin Platz gehabt hätten. Die Garderobe auf der rechten Seite enthielt einen langen leeren Kleiderrechen für nicht vorhandene Mäntel. Mein Begleiter, der sich mir als Oberleutnant Marks vorstellte, schälte sich aus der Schaffelljacke und warf sie auf einen der Sessel. Marks trug eine Uniformhose, aber dazu anstatt des Jacketts einen groben blauen Pullover. Es mußte trübselig sein, am Weihnachtsabend in einem solchen Schuppen Dienst tun zu müssen.

Er teilte mir mit, daß er stellvertretender Depotleiter sei und daß der Kommandant, Geschwaderführer im Majorsrang, sich auf Weihnachtsurlaub befinde. Außer ihm und dem Kommandanten hatte der Flugplatz einen Sergeanten und drei Unteroffiziere aufzuweisen, von denen einer ebenfalls heute Dienst machen mußte und vermutlich ganz allein in der Unteroffiziersmesse hockte; ferner zwanzig Lagerangestellte, sämtlich auf Urlaub. Wenn sie nicht auf Urlaub waren, beschäftigten sie sich mit der Erfassung von Tonnen überzähliger Uniformen, Fallschirmen, Stiefeln und anderen Beständen, die zur Ausrüstung einer Flugzeugbesatzung gehörten.

Das Vestibül war ungeheizt, obwohl es einen gewaltigen Ziegelkamin enthielt, die Bar auch. Beide Räume waren eisigkalt, und ich fing bereits wieder an zu zittern, nachdem ich mich im Wagen ein wenig aufgewärmt hatte. Marks steckte den Kopf in jede der Türen, die in die Eingangshalle mündeten, und rief nach jemandem namens Joe. Ich blickte ihm über die Schulter und erhaschte einen Blick in den geräumigen, aber leeren Speisesaal, der ebenfalls ungeheizt und kalt war, und in die beiden Korridore, von denen der eine zu den Privatzimmern der Offiziere und der andere zu denen der Mannschaften führte. Die architektonische Anlage der R. A. F.-Messen kennt kaum Varianten. Alle über einen Leisten gebaut.

»Leider nicht sehr einladend, mein Junge«, sagte Marks, der den schmerzlich vermißten Joe nicht hatte finden können. »Nachdem wir hier nur zu zweit stationiert sind und keine Besucher erwartet werden, hat sich jeder von uns aus zwei Schlafräumen eine Art abgeschlossene Wohnung eingerichtet. Lohnt sich ja nicht, daß zwei Leute das ganze Haus benutzen. Ist nämlich im Winter nicht zu heizen, wissen Sie; nicht mit unserer Brennstoffzuteilung. Und Personal kriegt man auch keines.«

Das klang einleuchtend. Ich hätte an seiner Stelle vermutlich ebenso gehandelt.

»Macht nichts«, sagte ich und warf den Fliegerhelm samt Sauerstoffmaske auf den zweiten Ledersessel. »Ein Bad und was zu Essen könnte allerdings nicht schaden.«

»Das dürfte sich machen lassen«, sagte er in energischem Bemühen, den perfekten Gastgeber zu spielen. »Joe soll eins der leerstehenden Zimmer für Sie herrichten – wir haben weiß Gott genügend – und Wasser heiß machen. Eine Mahlzeit wird er auch zustande bringen. Leider nichts Berühmtes, fürchte ich. Eier mit Speck, geht das?«

Ich nickte. Ich vermutete jetzt, daß Old Joe der Messesteward sei.

»Wäre prima. Dürfte ich vielleicht inzwischen Ihr Telefon benutzen?«

»Gewiß, gewiß. Ja, natürlich, Sie müssen Meldung erstatten, daß Sie hier sind.«

Er komplimentierte mich ins Clubbüro, durch eine Tür neben dem Eingang zur Bar. Der Raum war

klein und kalt, aber es war ein Stuhl darin, ein leerer Schreibtisch und ein Telefon. Ich wählte die Vermittlung, 1–0–0, und während ich wartete, kam Marks mit einem Becher Whisky zurück. Normalerweise rührte ich keinen Alkohol an, aber der Whisky würde mich wärmen, also dankte ich Marks, und er ging wieder, um den Steward anzuweisen. Auf meiner Uhr sah ich, daß es fast Mitternacht war. Auch eine Art, den Weihnachtsabend zu verbringen, dachte ich. Dann erinnerte ich mich, wie ich vor einer halben Stunde noch zu Gott um Hilfe gefleht hatte, und ich schämte mich.
»Little Minton«, sagte eine verschlafene Stimme. Es dauerte endlos, bis ich die Verbindung bekam, denn ich wußte die Nummer von Merriam St. George nicht, aber schließlich hatte es das Mädchen geschafft. Am anderen Ende der Leitung konnte ich die ganze Zeit über die Familie der Telefonistin hören, die nebenan Weihnachten feierte. Die Poststelle des Dorfes war vermutlich in einem Privathaus untergebracht. Endlich klingelte das Telefon.
»R. A. F. Merriam St. George«, sagte eine Männerstimme. Diensthabender Sergeant spricht aus der Wachstube, dachte ich.
»Den Diensthabenden Flugleiter, Flugverkehrskontrolle, bitte«, sagte ich.
Pause.

»Verzeihung, Sir«, sagte die Stimme. »Darf ich um Ihren Namen bitten?«

Ich nannte meinen Namen und Dienstgrad. Ich riefe von R. A. F. Minton aus an, sagte ich.

»Jawohl, Sir. Aber unser Flugplatz ist heute nacht geschlossen, Sir, tut mir leid. Die Flugverkehrskontrolle ist nicht besetzt. Nur ein paar Offiziere sind drüben im Kasino.«

»Dann geben Sie mir bitte den diensthabenden Flughafenoffizier.«

Als ich ihn am Apparat hatte, war er offenbar ebenfalls im Kasino, denn im Hintergrund hörte ich angeregte Unterhaltung. Ich erklärte ihm, daß ich eine Panne gehabt hätte und daß sein Flugplatz alarmiert worden sei, ein Düsenjäger vom Typ Vampire werde eine GCA-Notlandung ohne Funk versuchen. Er hörte aufmerksam zu. Vielleicht war er noch jung und gewissenhaft, denn er war völlig nüchtern, wie es sich für einen Diensthabenden jederzeit gehört, auch in der Christnacht.

»Ich weiß davon nichts«, sagte er schließlich. »Ich glaube nicht, daß wir Flugbetrieb hatten, seit wir heute nachmittag um fünf Uhr offiziell Schluß machten. Aber ich gehöre nicht zur Flugverkehrskontrolle. Bitte bleiben Sie am Apparat. Ich hole den Oberstleutnant. Er ist hier.«

Eine Weile blieb es still, dann meldete sich eine ältere Stimme. Wieder erklärte ich meinen Fall.

»Von wo sprechen Sie?« sagte er, nachdem er meinen Namen, Dienstgrad und Stützpunkt notiert hatte.
»R. A. F. Minton, Sir. Ich habe hier soeben eine Notlandung gemacht. Offenbar ist der Flugplatz aufgelassen.«
»Ja, ich weiß«, knurrte er. »Verdammtes Pech. Sollen wir Ihnen ein Fahrzeug schicken?«
»Nein, danke, Sir. Ich kann hier bleiben. Es geht nur darum, daß ich auf dem falschen Flugplatz landete. Ich glaubte, im GCA-Anflug Ihren Platz anzusteuern.«
»Was heißt hier glauben? Haben Sie uns angesteuert oder nicht? Nach alldem, was Sie sagen, saßen Sie doch in dieser verdammten Kiste.«
Ich holte tief Atem und berichtete von Anfang an.
»Es war so, Sir. Ich wurde vom Wetterflieger aus Gloucester abgefangen und hierher eingewiesen. Aber in diesem Nebel muß es eine GCA-Landung gewesen sein. Sonst wäre es unmöglich gewesen. Als ich die Pistenfeuer von Minton sah, landete ich hier in der Annahme, es handele sich um Merriam St. George.«
»Fabelhaft«, sagte er nach einer Pause. »Großartige Flugleistung von diesem Piloten aus Gloucester. Klar, die Burschen sind bei jedem Wetter droben. Ist ihr Beruf. Was sollen wir jetzt für Sie tun?«

Langsam hatte ich genug. Oberstleutnant, meinetwegen – aber in dieser Heiligen Nacht war er auch noch sternhagelvoll.

»Ich rufe an, um Ihnen mitzuteilen, Sir, daß Sie Ihre Radar- und Flugverkehrsleute abrufen können. Sie dürften noch immer auf eine Vampire warten, die nie mehr kommen wird. Weil sie nämlich schon gelandet ist, hier, in Minton.«

»Aber unser Flughafen ist geschlossen«, erwiderte er. »Wir haben bereits um fünf Uhr den Betrieb eingestellt. Wir erhielten auch keinen Anruf, daß wir uns bereithalten sollten.«

»Aber Merriam St. George hat ein GCA-System«, protestierte ich.

»Das ist mir bekannt«, bellte er. »Aber es kam heute nacht nicht zum Einsatz. Es ist seit fünf Uhr außer Betrieb.«

Die nächste und letzte Frage stellte ich langsam und bedächtig.

»Können Sie mir sagen, Sir, wo sich die nächste R. A. F.-Station befindet, die während der ganzen Nacht auf dem 121,5-Meter-Band empfängt, die nächstgelegene Station, die rund um die Uhr Notrufabhörung hat?«

(121,5-Meter ist die internationale SOS-Frequenz.)

»Ja«, sagte er langsam. »Westlich von hier R. A. F. Marham. Im Süden R. A. F. Lakenheath. Gute Nacht. Fröhliche Weihnachten.«

Er hatte aufgelegt. Ich lehnte mich zurück und atmete tief durch. Marham war 40 Meilen entfernt am anderen Ende von Norfolk. Lakenheath lag 40 Meilen südlich, in Suffolk. Mit meinem Treibstoffvorrat wäre ich nicht nur niemals bis Merriam St. George gekommen, der Flugplatz war überhaupt nicht geöffnet. Wie hätte ich es dann bis nach Marham oder Lakenheath schaffen können? Und ich hatte diesem Mosquito-Piloten signalisiert, daß mein Sprit nur noch fünf Minuten reichen würde. Er hatte bestätigt, daß er mich verstanden habe. Außerdem war er, nachdem wir in den Nebel getaucht waren, viel zu niedrig geflogen. In dieser geringen Höhe fliegt man keine 40 Meilen. Der Mann mußte verrückt gewesen sein.

Langsam dämmerte mir, daß ich mein Leben nicht eigentlich dem Wetterfrosch von Gloucester verdankte, sondern Oberleutnant Marks, dem bierseligen, verbummelten, sitzengebliebenen Oberleutnant Marks, der an einem Flugzeug nicht die Nase vom Schwanz unterscheiden konnte, aber doch eine Viertelmeile durch den Nebel gerannt war, um die Beleuchtung einer unbenutzten Landebahn einzuschalten, weil er eine Düsenmaschine viel zu dicht über dem Boden hatte kreisen hören. Wie dem auch sein mochte, die Mosquito mußte inzwischen zu Hause in Gloucester sein, und der

Pilot sollte wissen, daß ich trotz allem noch am Leben war.

»Gloucester?« sagte die Vermittlung. »Um diese Nachtzeit?«

»Ja«, erwiderte ich energisch. »Gloucester, und um diese Nachtzeit.«

Die Wetterwarten haben ein Gutes, sie sind immer in Betrieb. Der Diensthabende Meteorologe nahm den Anruf entgegen. Ich trug ihm mein Anliegen vor.

»Tut mir leid, hier dürfte ein Irrtum vorliegen, Flying Officer«, sagte er. »Es kann sich nicht um eines unserer Flugzeuge gehandelt haben.«

»Hören Sie, dort ist doch R. A. F. Gloucester, ja?«

»Ja. Diensthabender Offizier der Flugwetterstation am Apparat.«

»Sehr schön. Und Ihre Dienststelle benutzt Mosquitos zur Feststellung von Luftdruck und Temperatur in großen Höhen.«

»Falsch«, sagte er. »Wir benutzten Mosquitos. Vor drei Monaten wurden sie außer Dienst gestellt. Jetzt fliegen wir Canberras.«

Ich saß da, den Hörer in der Hand, und starrte ungläubig auf den Apparat. Dann kam mir eine Idee.

»Was ist aus den alten Mosquitos geworden?« fragte ich. Der Mann am anderen Ende der Leitung mußte ein älterer Knabe und ungemein höflich und geduldig sein, daß er sich zu nachtschla-

fender Zeit alle diese blödsinnigen Fragen gefallen ließ.
»Wurden wohl verschrottet oder eher noch an Museen verschenkt. Sind heute schon eine Rarität, wissen Sie.«
»Weiß ich«, sagte ich. »Ist es möglich, daß eine Maschine an einen Privatmann verkauft wurde?«
»Könnte schon möglich sein«, sagte er nach einigem Überlegen. »So was entscheidet das Luftfahrtministerium. Aber ich glaube eher, daß sie in Luftfahrtmuseen landeten.«
»Danke. Haben Sie vielen Dank. Und fröhliche Weihnachten.«
Ich legte den Hörer auf und schüttelte ratlos den Kopf. Was für eine Nacht, was für eine unglaubliche Nacht. Zuerst fallen mein Funkgerät und alle meine Instrumente aus, dann verliere ich die Orientierung, und mein Treibstoff wird knapp, dann nimmt mich ein meschuggener Sonntagsflieger ins Schlepptau, der an ausrangierten Flugzeugen einen Narren gefressen hat und zufällig auf mich stößt, mich um ein Haar umbringt, und zu guter Letzt hat ein halbbesoffener ehemaliger Offizier der Bodentruppe einen lichten Moment, schaltet gerade noch rechtzeitig die Pistenfeuer an und rettet mir das Leben. Glück muß der Mensch haben. Aber eins stand fest: dieser Amateurkunstflieger hatte keine blasse Ahnung, was er da an-

stellte. Andererseits, so fragte ich mich, wo wäre ich jetzt ohne ihn? Ich würde tot in der Nordsee treiben.
Ich hob das Glas mit dem letzten Schluck Whisky auf sein Wohl und auf das Wohl seiner absonderlichen Leidenschaft, auf eigene Faust in einer Großvatermaschine herumzufliegen, dann schob ich das Glas weg. Oberleutnant Marks spähte zur Tür herein.
»Ihr Zimmer ist gerichtet«, sagte er. »Nummer siebzehn, gleich hier den Korridor entlang. Joe zündet gerade Feuer für Sie an. Das Badewasser wird schon warm. Wenn Sie nichts dagegen haben, möchte ich jetzt ins Bett gehen. Kommen Sie allein zurecht?«
Ich begegnete ihm jetzt freundlicher als vorhin, denn er hatte es verdient.
»Klar, alles bestens. Vielen Dank für alle Ihre Hilfe.«
Ich nahm meinen Helm und wanderte den Korridor entlang, vorbei an den Zimmertüren unverheirateter Offiziere, die schon längst anderswohin versetzt waren. Durch die Tür von Nummer siebzehn fiel ein Lichtstreifen über den Gang. Als ich eintrat, erhob sich vor dem Kamin ein alter Mann von den Knien. Ich stutzte bei seinem Anblick. Kasinoordonnanzen sind im allgemeinen aktive Soldaten der Royal Air Force. Dieser Mann aber war an die

siebzig und offenbar ein Zivilist aus der Gegend, der hier angestellt war.
»Guten Abend, Sir«, sagte er. »Ich bin Joe, Sir. Ich bin der Messesteward.«
»Ja, Joe, Mr. Marks hat es mir gesagt. Tut mir leid, daß ich Ihnen mitten in der Nacht soviel Mühe machen muß. Bin gerade hier hereingeschneit, könnte man sagen.«
»Ja, das hat Mr. Marks mir erzählt. Ihr Zimmer ist gleich fertig, Sir. Sobald das Feuer da brennt, haben Sie's ganz gemütlich.«
Die Kälte war noch nicht aus dem Raum gewichen, und ich zitterte in dem dünnen Nylonanzug. Wenn ich nur Marks gebeten hätte, mir einen Pullover zu leihen, aber ich hatte es vergessen.
Ich entschied mich dafür, mein einsames Nachtmahl in meinem Zimmer einzunehmen, und während Joe es holen ging, nahm ich rasch ein Bad, denn das Wasser war inzwischen einigermaßen warm geworden. Während ich mich abtrocknete und den alten, aber warmen Schlafrock anzog, den Joe mir zusammen mit dem Essen gebracht hatte, deckte er einen kleinen Tisch und stellte eine Platte mit brutzelndem Speck und Eiern darauf. Jetzt war auch das Zimmer angenehm warm, das Kohlenfeuer brannte hell, die Vorhänge waren zugezogen. Während ich aß – es dauerte nur ein paar Minuten, denn ich war hungrig wie ein Wolf –,

blieb der alte Steward im Zimmer, und wir plauderten.

»Sind Sie schon lange hier, Joe?« fragte ich, mehr aus Höflichkeit als aus wirklichem Interesse.

»O ja, Sir, schon an die zwanzig Jahre; seit kurz vor dem Krieg, als der Flugplatz aufgemacht wurde.«

»Inzwischen hat sich eine Menge verändert, was? War hier nicht immer so still wie jetzt?«

»Das war's nicht, Sir, das war's nicht.« Und er berichtete mir von den Zeiten, als die Zimmer von begeisterten jungen Piloten belegt waren, der Speisesaal erfüllt von Tellerklappern und Besteckklirren, die Bar widerhallend von deftigen Gesängen. Er berichtete von den Monaten und Jahren, als der Himmel über dem Flugplatz krachte und dröhnte vom Getöse der Kolbenmotoren, die ihre Bomber und Jäger in den Krieg hinaustrugen und wieder heimbrachten.

Während er redete, beendete ich meine Mahlzeit und leerte den Rest der halben Flasche Rotwein, die er aus dem Keller geholt hatte. Ein sehr guter Steward, dieser Joe. Als ich fertig war, stand ich auf, nahm eine Zigarette aus der Tasche meiner Fliegerkombination, zündete sie an und schlenderte im Zimmer herum. Der Steward machte sich daran, Geschirr und Glas vom Tisch zu räumen. Ich blieb vor einem alten gerahmten Foto stehen, das auf dem sonst leeren Kaminsims über dem knisternden Feuer stand. Meine Hand, die gerade die Zigarette zum Mund führen wollte, erstarrte auf halbem Weg, und plötzlich kam es mir im Zimmer eiskalt vor.

Das Foto hinter dem Glas war alt und fleckig. Es zeigte einen jungen Mann etwa meines Alters, also Anfang zwanzig, in Flugausrüstung. Aber nicht in einer blauen Nylonkombination und mit dem Sturzhelm aus glänzendem Plastik, wie sie heute getragen werden. Er trug dicke schaffellgefütterte Stiefel, grobe Sergehosen und die schwere Schaffelljacke mit Reißverschluß. Von seiner linken Hand baumelte ein altmodischer Pilotenhelm aus weichem Leder, an dem eine Schutzbrille befestigt war anstatt des modernen getönten Helmvisiers. Er stand breitbeinig da, die rechte Hand in der Hüfte, eine forsche Pose, aber er lächelte nicht. Er starrte mit grimmiger Entschlossenheit in die Kamera. In seinen Augen lag ein trauriger Ausdruck.

Hinter ihm war ganz deutlich seine Maschine zu sehen. Unverkennbar das schwanke, schlanke Profil des Mosquito-Jagdbombers, unter den Tragflächen die beiden Gondeln mit den Merlin-Zwillingsmotoren, denen dieser Flugzeugtyp seine fabelhafte Leistungsfähigkeit verdankte. Ich wollte gerade Joe etwas fragen, als der kalte Luftzug

meinen Nacken streifte. Eines der Fenster hatte sich geöffnet, und die eisige Luft strömte herein.
»Ich schließe es gleich, Sir«, sagte der alte Mann und machte Miene, das ganze Geschirr wieder abzustellen.
»Lassen Sie nur, das mach ich schon.«
Mit zwei langen Schritten war ich beim Fenster, dessen Flügel in seinem Stahlrahmen schwang. Um es besser schließen zu können, trat ich hinter den Vorhang und starrte hinaus. Der Nebel drehte sich in Spiralen um das alte Kasinogebäude, der warme Luftstrom aus dem Fenster hatte ihn aufgewirbelt. Irgendwo, weit weg in diesem Nebel, glaubte ich, das Dröhnen von Flugzeugen zu hören. Aber da draußen gab es keine Flugzeuge, höchstens das Motorrad eines Bauernjungen, der drüben, hinter dem Moor, von einem Besuch bei seinem Mädchen heimfuhr. Ich schloß das Fenster, überzeugte mich, daß es nicht mehr aufgehen konnte, und wandte mich wieder ins Zimmer.
»Wer ist der Pilot, Joe?«
»Der Pilot, Sir?«
Ich wies mit dem Kopf auf das einsame Foto auf dem Kaminsims.
»Ach so, Sir. Das ist ein Foto von Mr. Kavanagh. Er ist während des Krieges hiergewesen, Sir.«
Er stellte das Weinglas zuoberst auf den Geschirrberg, den er in der Hand hielt.

»Kavanagh?« Ich trat wieder vor das Bild und betrachtete es genauer.
»Ja, Sir. Ein irischer Herr. Eine Kanone, wenn ich so sagen darf. Und das hier, Sir, das war sein Zimmer.«
»In welchem Geschwader war er, Joe?« Ich musterte noch immer die Maschine im Hintergrund.
»Pfadfinder, Sir. Haben Mosquitos geflogen. Allesamt Kanonen, Sir. Aber ich behaupte doch, Mr. Johnny war der Größte von allen. Allerdings bin ich Partei, Sir. Ich war nämlich sein Bursche.«
Es gab keinen Zweifel. Die schwach sichtbaren Buchstaben auf der Nase der Mosquito hinter der Gestalt auf dem Bild lauteten J K. Nicht Juliet Kilo, sondern Johnny Kavanagh.
Die ganze Geschichte war schlicht und einfach die: Kavanagh war mit Leib und Seele Pilot gewesen. Nach dem Krieg war er aus der Royal Air Force ausgeschieden und vermutlich in den Gebrauchtwagenhandel eingestiegen wie so viele. Im Boom der fünfziger Jahre hatte er einen Haufen Geld gescheffelt, sich wahrscheinlich ein schönes Landhaus gekauft und noch genügend übrig gehabt, um wieder seiner einzigen Leidenschaft zu frönen – dem Fliegen. Oder auch, um die Vergangenheit wieder aufleben zu lassen, seine Glanzzeit. Er hatte bei einer der Versteigerungen ausgedienter Flugzeuge, wie sie von der R.A.F. von Zeit zu

Zeit abgehalten werden, eine alte Mosquito erstanden, wieder flottgemacht und gondelte nun mit ihr herum, wann immer es ihm Spaß machte. Keine üble Freizeitgestaltung, wenn man das nötige Kleingeld hat.
So war er auch heute nacht von einer Spritztour nach Europa zurückgekommen, hatte mich über der Wolkenbank meine Dreiecke fliegen sehen, begriffen, daß ich in Bedrängnis war, und mich ins Schlepptau genommen. Nach genauer Standortbestimmung durch Kreuzpeilung hatte er, da er diesen Küstenabschnitt in- und auswendig kannte, den Versuch unternommen, sogar in dieser Waschküche seinen alten Flugplatz in Minton zu finden. Ein enormes Risiko. Aber ich hatte ja ohnehin keinen Treibstoff mehr, also hieß es, aufs Ganze gehen.
Ich zweifelte nicht daran, daß ich den Mann aufspüren könnte, am besten über den Royal Aero Club.
»Ja, er muß ein guter Pilot gewesen sein«, sagte ich nachdrücklich und dachte daran, was er heute nacht geleistet hatte.
»Der beste, Sir«, erwiderte der alte Joe hinter mir. »Alle sagten, er hat Augen wie eine Katze, unser Master Johnny. Ich weiß noch, wie oft das Geschwader vom Einsatz zurückgekommen ist, und dann sind die anderen jungen Herren in die Bar

gegangen und haben ein Glas getrunken. Meistens mehrere.«
»Und er hat nicht getrunken?« fragte ich.
»O doch, Sir, aber oft und oft hat er seine Mosquito frisch auftanken lassen und ist ganz allein nochmals rauf, zurück über den Kanal oder die Nordsee, und hat nach angeschlagenen Bombern Ausschau gehalten, die in Richtung Heimat dahergehumpelt sind. Die hat er dann nach Hause gelotst.«
Ich überlegte. Diese großen Bomber hatten doch ihre eigenen Bomberstationen, die sie anfliegen konnten.
»Ein paar von ihnen hatten immer eine Menge feindliches Flakfeuer abgekriegt, und manchmal war ihr Funk kaputtgeschossen. Sie kamen von überall her. Marham, Scampton, Cotteshall, Waddington; die großen Viermotorigen, Halifax, Stirlings und Lancasters. Ein bißchen vor Ihrer Zeit, Sir, wenn ich mir die Bemerkung erlauben darf.«
»Ich hab sie bloß auf Bildern gesehen«, gab ich zu.
»Und wenn welche bei Luftparaden mitgeflogen sind. Diese Bomber hat er also dann zurückgelotst?«
Ich konnte die Invaliden im Geist vor mir sehen, klaffende Löcher in Rumpf, Tragflügeln und Heck, ächzend und schwankend, während der Pilot sich mühte, sie auf Heimatkurs zu halten, eine verwun-

dete oder sterbende Besatzung und die Funkeinrichtung total zerstört. Und ich kannte aus jüngster Erfahrung die bittere Einsamkeit des winterlichen Nachthimmels, ohne Funk, ohne einen Lotsen, der den Weg nach Hause weist, und alles Land vom Nebel verschluckt.

»Ja, so war's, Sir. Er startete noch in der gleichen Nacht zu einem zweiten Flug, zu einer Streife über der Nordsee, und suchte angeschlagene Maschinen. Die lotste er dann heim, hierher nach Minton, manchmal durch einen Nebel, so dick, daß man die Hand nicht vor den Augen sah. Einen sechsten Sinn hat er gehabt, hieß es; muß sein irisches Blut gewesen sein.«

Ich wandte mich von dem Foto ab und drückte den Zigarettenrest im Aschenbecher auf dem Nachttisch aus. Joe stand an der Tür.

»Ein toller Bursche«, sagte ich in aufrichtiger Bewunderung. Noch heute war er, obwohl er schließlich nicht mehr zu den Jüngsten gehörte, ein ausgezeichneter Pilot.

»O ja, Sir, ein toller Bursche, wie Sie sagen, unser Mr. Johnny. Ich weiß noch, wie er einmal zu mir gesagt hat – er hat genau an der Stelle gestanden wie Sie jetzt, dort am Kamin. Joe, hat er gesagt, solang noch einer von ihnen dort droben in der Nacht herumkutschiert und den Heimweg sucht, steig ich auf und hol ihn zurück.«

Ich nickte ernst. Die Verehrung des alten Mannes für seinen ehemaligen Offizier hatte alle die Jahre überdauert.
»Ja«, sagte ich, »und es sieht ganz so aus, als würde er's noch heute so halten.«
Jetzt lächelte Joe.
»Ach, das glaub ich wieder weniger, Sir. Mister Johnny ist zu seinem letzten Suchflug in der Christnacht 1943 aufgestiegen, genau heute vor vierzehn Jahren. Er kam nie zurück, Sir. Liegt mit seiner Maschine irgendwo da draußen in der Nordsee. Gute Nacht, Sir. Und gesegnete Weihnachten.«

Dublin, Heiligabend 1974.

# Frederik Forsyth

## Die Akte ODESSA
Roman. Aus dem Englischen von Tom Knoth.
395 Seiten. Geb.
(Auch in der Serie Piper 5522 lieferbar)

## Die Hunde des Krieges
Roman. Aus dem Englischen von Norbert Wölfl.
436 Seiten. Geb.
(Auch in der Serie Piper 5529 lieferbar)

## In Irland gibt es keine Schlangen
Zehn Storys. Aus dem Englischen von Rolf und Hedda Soellner.
323 Seiten. Geb.

## McCreadys Doppelspiel
Aus dem Englischen von Christian Röthlingshöfer und Rudolf Hermstein.
495 Seiten. Geb.

## Der Schakal
Roman. Aus dem Englischen von Tom Knoth.
438 Seiten. Geb.
(Auch in der Serie Piper 5511 lieferbar)

## Des Teufels Alternative
Roman. Aus dem Englischen von Wulf Bergner.
512 Seiten. Geb.
(Auch in der Serie Piper 5545 lieferbar)

## Der Unterhändler
Roman. Aus dem Englischen von Christian Spiel.
526 Seiten. Geb.
(Auch in der Serie Piper 5577 lieferbar)

## Das vierte Protokoll
Roman. Aus dem Englischen von Rolf und Hedda Soellner.
500 Seiten. Geb.
(Auch in der Serie Piper 5506 lieferbar)